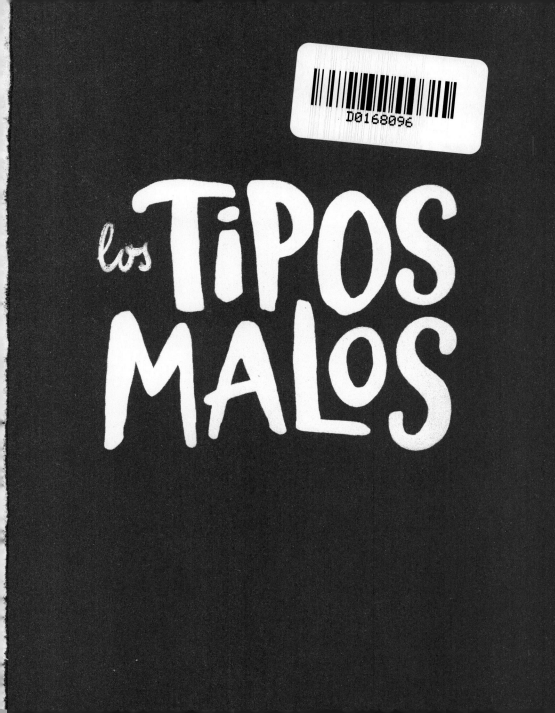

los TiPOS MALOS

· A MIS NIÑOS ·

ORIGINALLY PUBLISHED IN ENGLISH AS *THE BAD GUYS*

TRANSLATED BY JUAN PABLO LOMBANA

ISBN 978-1-338-13896-2

12   23

PRINTED IN ITALY   183
FIRST SPANISH PRINTING 2017

BOOK DESIGN BY MARY CLAIRE CRUZ

· AARON BLABEY ·

los tiPOS MALOS

SCHOLASTIC INC.

BUENAS ACCIONES.

LO QUIERAS O NO.

· CAPÍTULO 1 ·
EL SR. LOBO

¡Pssst!
¡Oye, tú!

Ven acá.

Te dije que **VINIERAS**.

¿Qué pasa?

Ah, ya.

Ya, veo...

Estás pensando, "¡Ayyyyyyy, es un lobo malo, grande y espantoso! ¡No voy a hablar con él!

Porque es un **MONSTRUO**".

Pues déjame decirte algo, amiguito:
el que yo tenga

DIENTES GRANDES Y PUNTIAGUDOS

y

GARRAS AFILADAS COMO CUCHILLAS

y me guste vestirme de **VIEJECITA**
de vez en cuando, no significa que...

sea un

TIPO MALO.

DEPARTAMENTO DE POLICÍA METROPOLITANA

PRONTUARIO DE SOSPECHOSO

Nombre: Sr. Lobo

Número de caso: 102 451A

Alias: Feroz, Sr. Colmillos, Abuelita

Dirección: El Bosque

Compinches conocidos: Ninguno

Actividad criminal:

* Tumbar casas (los tres cerdos involucrados tenían tanto miedo que no levantaron cargos)

* Hacerse pasar por oveja

* Meterse en la casa de viejecitas

* Hacerse pasar por viejecitas

* Intento de engullir viejecitas

* Intento de engullir parientes de viejecitas

* Robo de camisones y pantuflas

Nota: Peligroso. NO TE LE ACERQUES.

Déjame decirte que todo eso es **MENTIRA**.
Pero no me crees, ¿cierto?

Porque soy un Tipo Malo, ¿cierto?

Soy un gran tipo. Soy, incluso, *agradable*.

Y te cuento que no soy el **ÚNICO**...

Algunos amigos míos tienen el mismo problema, así que les he pedido que nos acompañen.

En cualquier momento entrarán por esa puerta.

Son tipos geniales. Pero les pasa lo mismo que a mí: son **INCOMPRENDIDOS**.

Así que no te vayas, ¿de acuerdo?

· CAPÍTULO 2 ·
LA PANDILLA

¡TO

Llegaron.
¿Quieres conocer la verdad?

Espero que sí, amiguito.

Vamos a ver quién llegó,
¿te parece?

¡*Vayaaa!* ¡Mira quién está aquí!
Es mi viejo amigo, el

SR. CULEBRA.

Te va a *encantar*.
Es un verdadero...

primor.

DEPARTAMENTO DE POLICÍA METROPOLITANA

PRONTUARIO DE SOSPECHOSO

Nombre: Sr. Culebra

Número de caso: 354 22C

Alias: El Tragagallinas

Dirección: Desconocida

Compinches conocidos: Ninguno

Actividad criminal: * Se metió en la tienda de mascotas del Sr. Ho

* Se comió los ratones de la tienda de mascotas del Sr. Ho

* Se comió los canarios de la tienda de mascotas del Sr. Ho

* Se comió los conejillos de Indias de la tienda de mascotas del Sr. Ho

* Trató de comerse al Sr. Ho de la tienda de mascotas del Sr. Ho

* Trató de comerse al doctor que trató de salvar al Sr. Ho

* Trató de comerse a los policías que trataron de salvar al doctor que trató de salvar al Sr. Ho

* Se comió al perro policía que trató de salvar a los policías que trataron de salvar al doctor que trató de salvar al Sr. Ho

Nota: Muy peligroso. NO TE LE ACERQUES.

¡Mira esta cara!
¿Es acaso la cara de un monstruo?

De ninguna manera.

Este es un **TIPO MUY DULCE**.

¿Cuánto tiempo va a
tomar esto, socio?
Quiero ir a comer ratones.

Cálmate.
Toma un pastelito.

¿Un pastelito?
¿No tienes
ratones?

Olvídate ya de los ratones
o te juro que

¡TE COMERÉ!

Quiero decir...

Caray,
¿quién habrá llegado?

¡ADVERTENCIA!

DEPARTAMENTO DE POLICÍA METROPOLITANA

PRONTUARIO DE SOSPECHOSO

Nombre: Sr. Piraña

Número de caso: 775 906T

Alias: El Muerdetraseros

Dirección: El río Amazonas

Compinches conocidos: La pandilla de los hermanos Piraña, 900.543 miembros, todos parientes del Sr. Piraña

Actividad criminal:

* Comer turistas

Nota: EXTREMADAMENTE peligroso. NO TE LE ACERQUES.

¿Qué hace *él* acá?
Ese tipo está loco...

¡SHHH!

¡Mira, Sr. P.!
Un tipo tan dulce como tú nunca
rechazaría un pastelito...

Vengo desde Bolivia,
hermanos.

¡Y tengo hambre!
Así que, ¿dónde está la

CARNE?

¡JA JA!
¡Estos tipos son una maravilla!
¡Siempre bromeando!

No hay carne.

Solo pastelitos.

Hola, **SR. TIBURÓN**.

¿Qué tal?

Tengo

HAMBRE.

¿Tienes focas?

Je, je. Aquí no hay nada que valga la pena...

DEPARTAMENTO DE POLICÍA METROPOLITANA

PRONTUARIO DE SOSPECHOSO

Nombre: Sr. Tiburón

Número de caso: 666 885E

Alias: Terror en la Playa

Dirección: Destinos turísticos populares

* Se traga literalmente CUALQUIER COSA

y a CUALQUIERA.

RIDÍCULAMENTE PELIGROSO. ¡CORRE!
¡NADA! ¡NI SIQUIERA LEAS ESTO!

Nota: ¡VETE DE AQUÍ!

¡¿Ven?! ¡Es a esto a lo que me refiero! ¿Quién va a creer que somos

TIPOS BUENOS

si lo único que quieren hacer es

TRAGARSE A TODO EL MUNDO?

Tú también, siéntate.

CAPÍTULO 3
EL CLUB DE LOS TIPOS BUENOS

¡¡¡AAAAHHHHHHHH!!!

Típico...

Oigan, ¿ustedes dos no deberían
estar en el agua?

Yo voy adonde me da la gana.

¿Entendido?

Yo también, chico.

¿Ven? Es por eso que no trabajo con peces.

Porque **ESTA** es la
primera reunión de...

¡EL CLUB
DE LOS
TIPOS
BUENOS!

¡Así es!

¡El
CLUB
DE LOS
TIPOS
BUENOS!

¿Qué dijiste?

Lo que oíste.

¿No están cansados de ser
VILLANOS?

¿No están cansados de los
GRITOS?

¿No están cansados del
MIEDO?

La verdad, no.

Ni un
poquito.

¡CLARO QUE SÍ LO ESTÁN!

¡Y yo tengo la solución!

¡PRUEBA SORPRESA!

Digamos que vemos un gato que no se puede bajar de un árbol.

¿Qué hacemos?

Estás bromeando, ¿verdad?

Este tipo está loco.

¡No, no lo estoy!

¡Soy un **GENIO!**

¡Y voy a conseguir que todos seamos

HÉROES!

Está completamente desquiciado.

¿Yo viajé desde
Bolivia para
ESTO?

Vas a alegrarte de haber venido, **Sr. Piraña**.

Y tú también, **Sr. Tiburón**.

Esto va a ser **GENIAL**.

¡Ahora, **todos** adentro!

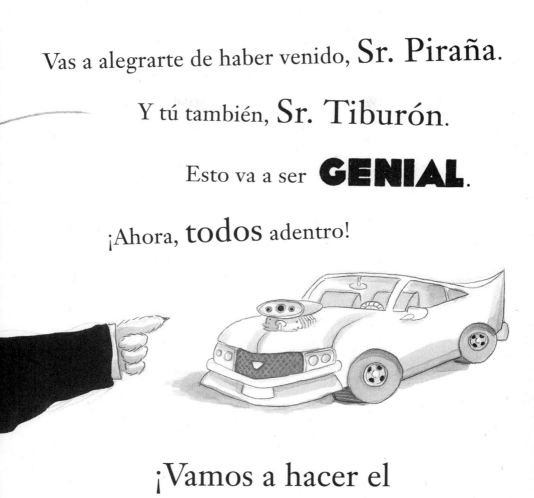

¡Vamos a hacer el

· CAPÍTULO 4 ·
BUSCANDO LÍOS

Dime algo, ¿por qué estamos dando vueltas en este estúpido auto?
¡¿ESTÚPIDO AUTO?!

C

D

Este auto tiene un motor de inyección,

200 CABALLOS DE FUERZA

y un diseño deslumbrante,
absolutamente **FANTÁSTICO**, amigo mío.
Si vamos a ser tipos buenos,
más nos vale

VERNOS BIEN, ¿no?

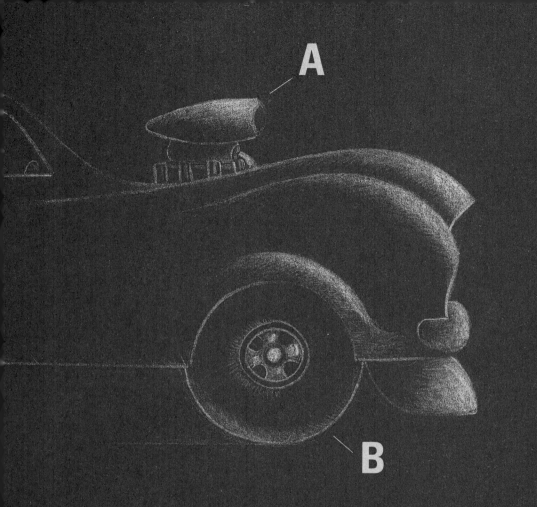

A - Motor V8 increíblemente poderoso que usa pis de pantera como combustible.

B - Ruedas anchas para impresionar.

C - Asientos que se expulsan para seguridad personal y bromas.

D - Tubo de escape gigante para siempre hacer mucho ruido.

¡Y es muy amplio!

Sí, chico, rueda suave. Pero yo me mareo fácilmente. Así que dime, ¿QUÉ es lo que vamos a hacer?

Vamos a buscar líos, mi amigo. Si queremos ser héroes, tendremos que salir a buscar líos **SIEMPRE**...

¡Tenemos que aprender a **OLERLOS!**

Es más... no, espera un segundo... Creo que huelo algo en este momento...

CAPÍTULO 5

AQUÍ, GATITO

Díganme,
¿qué vamos a hacer?

Rescatar al gato.

¿Y qué es lo que **NO** vamos a hacer?

Comernos al gato.

¡ASÍ ES!
No sé ustedes, ¡pero yo estoy LLENO de energía!

Muy bien, manos a la obra...

¡MIAAUUU!

¡OYE!

¡Cálmate!
¡Te vamos a *rescatar*!

Qué berrinche ha montado.
¿Qué le pasa?

Déjame
intentarlo...

Esto no era lo que
tenía en mente.

¡¡SUISS!!

No lo alcanzo. Acércame
más, culebra estúpida.

¿Cómo me llamaste?

Ya me oíste.
Acércame más.

ACÉRCAME, ¡gusanote!

Ya, te lo ganaste...

¡¡SUISS!!

¡¡SUISS!!

81

¡GLUP!

BUENO, por favor, no te **alteres.**

Es verdad, las culebras son muy susceptibles y se **tragan** lo que sea.

PERO, afortunadamente, se tragan las cosas enteras y yo tengo una técnica **delicada** e **inofensiva** para arreglar esto ahora mismo.

Discúlpame **un** momento…

¡MIAU!

¡MUY BIEN!

Te tengo,
te tengo...

· CAPÍTULO 6 ·
EL PLAN

Bien hecho.
¡Choquemos
las patas!

Tú eres el único
que tiene patas.

Está bien.

¿UN ABRAZO?

Yo no doy abrazos. Yo muerdo. Así que **RETROCEDE**, Sr. Mimoso.

Está bien...

Bueno, no sé ustedes, pero yo creo que estamos **LISTOS**.

¿Listos para qué?

PERRERA

20 GUARDIAS

UNA ENTRADA.
UNA SALIDA.

¡BARRAS DE HIERRO!
¡ALAMBRE DE PÚAS!
¡MALA COMIDA!

Hay **200** cachorritos encerrados en la
**PERRERA MUNICIPAL DE
MÁXIMA SEGURIDAD.**
Sus sueños y esperanzas han sido asfixiados por
paredes de piedra y barras de acero.

Pero adivinen qué.

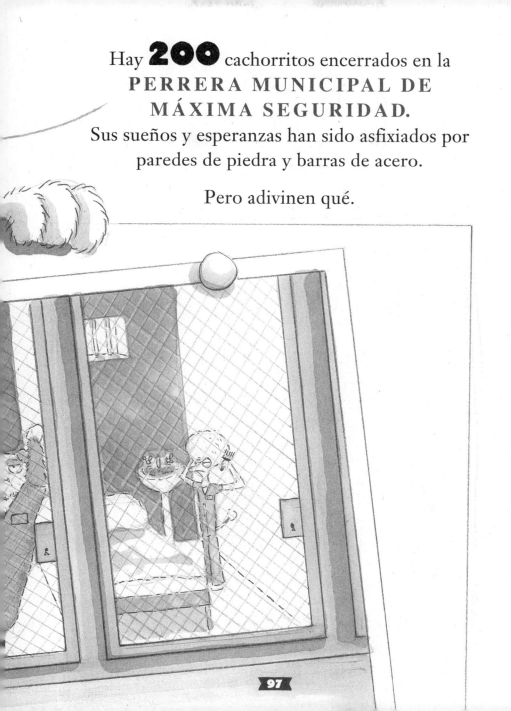

¿Vas a VOLVER a vestirte de viejecita? Eso no funciona, socio. ¡SIEMPRE te atrapan!

¿Quién dijo que sería yo?

· CAPÍTULO 7 ·
LA PERRERA

Soy una linda jovencita a la que se le perdió su perro.
Por favor, ay, por favor, ¿podría ayudarme, señor?

Claro,
¡POR SUPUESTO!

Cualquier cosa por una
jovencita tan linda.

Vale.

¡Entró!
SABÍA que daría resultado.

Bueno, ya saben lo que deben hacer. No tendremos mucho tiempo después de que se abran esas jaulas, así que nada de errores.

¡Suban a bordo, amigos!

¿Para qué es eso?

No se preocupen. Solo agárrense fuerte.
Y recuerden, apenas el Sr. Tiburón dé la
señal, yo los entro y lo único que ustedes
deben hacer es mostrarles a los perros
hacia dónde correr.

¿ENTENDIDO?

Sí. Pero,
¿cómo vamos
a entrar?

AH. Los voy a lanzar para que pasen por esa **VENTANITA DIMINUTA**.

¡Pero no se preocupen!

Tengo una puntería **EXCELENTE**

y estimo que hay un **85%** de

probabilidad de que atinaré en mi

primer lanzamiento. ¡Así de

SEGURO

estoy!

Quiero decirte
que no suelo abrir
todas las jaulas al
mismo tiempo, pero
como lo pediste tan
dulcemente...

¡No hay tiempo que perder! Agárrense bien, amiguitos.

Es hora de...

¡comportarse como **HÉROES!**

¡SUISS!

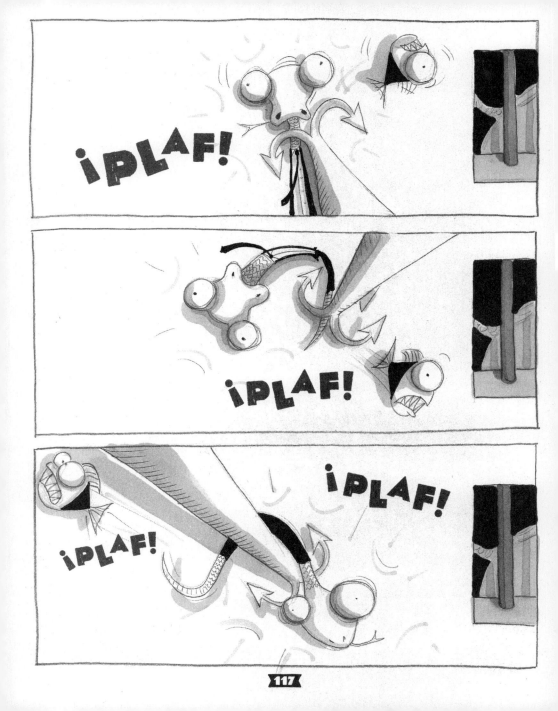

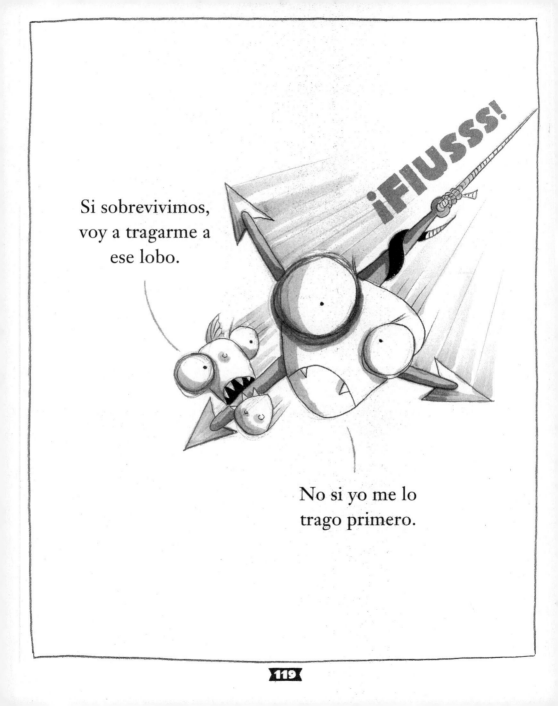

Si sobrevivimos, voy a tragarme a ese lobo.

¡FIUSSS!

No si yo me lo trago primero.

¡Es su día de suerte, hermanos! ¡Los vamos a **SACAR DE AQUÍ!**

¡CLANC!

Todos, **¡SÍGANNOS!**

¿Es eso lo que pienso que es?

Es una culebra, socio.

¿Y qué es esa otra cosa?

Creo que es una... sardina... quizás...

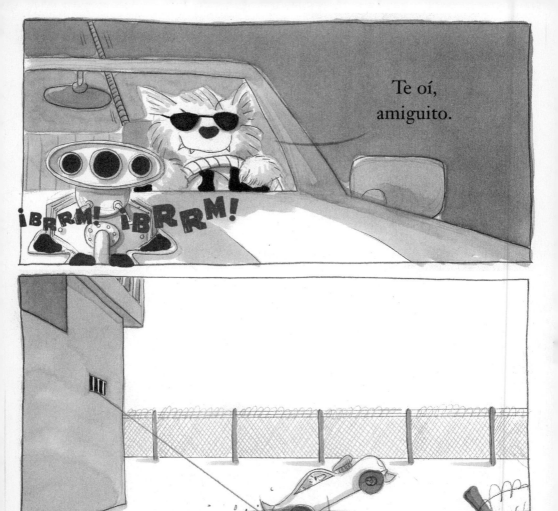

Te oí,
amiguito.

¡BRRRM! ¡BRRRM!

Vamos a darles a esos cachorritos su...

¡Mírenlos, amigos!
¡Les **cambiamos** la vida!
¡Y nos **amarán** para
SIEMPRE!

¡SOCORRO!
¡Un LOBO!

¡Y un TIBURÓN!
¡Y una CULEBRA!
¡Y posiblemente una especie de SARDINA VAMPIRA!
224

CAPÍTULO 8

¿QUÉ LES PARECIÓ ESO?

Pues no se veían
muy agradecidos,
¿no te parece?

¡Dijeron que yo era
una SARDINA!

Yo creía que
ERAS una
sardina.

¡No soy una SARDINA! ¡Soy una PIRAÑA, socio! **¡PIRAÑA!**

Lo que digas.

No, se equivocan. **¡LO LOGRAMOS!** Les ofrecimos una nueva vida a 200 perros. ¿No se sienten **MARAVILLOSAMENTE BIEN?**

Yo me siento un poco incómodo con TANTO abrazo, socio.

¡Ay, **NO SEAN ASÍ!**

¡No digan que no les encantó!

Díganme la verdad. ¿No fue increíble

ser un **TIPO BUENO** por primera vez?

Díganme cómo se sintieron...

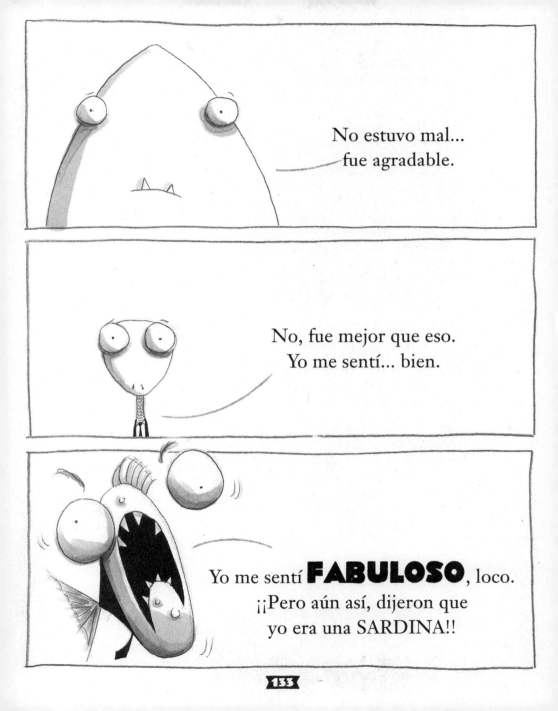

Únete a mí, amiguito, ¡y nadie volverá a confundirte con una sardina! ¡Serás el héroe boliviano más famoso que haya existido! ¿Qué dices?

Seguro, chico. Pero más vale que tengas razón.

¿Tú que dices, grandulón?

Me... me gustó mucho ser bueno. Cuenta conmigo.

Solo quedas tú, galán.
¿Qué dices? ¿Quieres unirte
a mi pandilla?

Solo si prometes no
abrazarme más.

¡Lo intentaré, amiguito!
¡Pero no puedo prometerlo!

Hoy es el primer día de nuestras **nuevas** vidas.

Ya **no** somos Tipos Malos.

¡SOMOS TIPOS BUENOS!

Y vamos a mejorar la vida
en nuestro planeta.

Por primera vez en mi vida...
¡el futuro huele bien!

Espera un segundo...

Eso no
huele bien...

Piraña, *¿volviste* a
tirarte un pedo?

Me dan gases cuando me
pongo nervioso. Vete
acostumbrando, chico.

SOBRE EL AUTOR

AARON BLABEY solía ser un actor espantoso. Luego escribió comerciales de televisión insoportables. Luego enseñó arte a gente que dibujaba mucho mejor que él. Y LUEGO, decidió escribir libros y adivina qué pasó. Sus libros ganaron montones de premios, muchos se convirtieron en *bestsellers* y él cayó de rodillas y gritó: "¡Ser escritor es increíble! Creo que me voy a dedicar a *esto*!". Aaron vive en una montaña australiana con su esposa, sus tres hijos y una piscina llena de enormes tiburones blancos. Bueno, no, eso es mentira. Solo tiene dos hijos.